關於我們 ——————————————

文房文化事業有限公司自 2000 年成立以來，
以「關懷孩子，引領孩子進入閱讀的世界，
培養孩子良好的品格」為宗旨，持續出版各種好書，
希望藉由生動的故事培養孩子的閱讀興趣。

我們熱愛孩子、熱愛閱讀、熱愛沉浸在每個故事中，
感受每段不一樣文字與圖畫。
因此，我們打造了一片故事花園，
在圖畫中找到藝術、在文字中學習愛與成長。

——————————————————————————

大頭迪克生氣了！

文／月亮 YueNiang

圖／辜筱茜

遠遠就聽到了。
Yuǎn yuǎn jiù tīng dào le

男孩焦急大喊着：
Nán hái jiāo jí dà hǎn zhe

「大頭迪克不要跑！」

海面上甚麼也沒看到，
Hǎi miàn shàng shén me yě méi kàn dào

只有男孩和小船在追趕着。
Zhǐ yǒu nán hái hé xiǎo chuán zài zhuī gǎn zhe

海鳥和老船長遠遠就看到了。
Hǎi niǎo hé lǎo chuánzhǎng yuǎn yuǎn jiù kàn dào le

老船長害怕大喊着：「大頭迪克不要過來啊！」
Lǎo chuánzhǎng hài pà dà hǎn zhe　　Dà tóu dí kè bú yào guò lái a

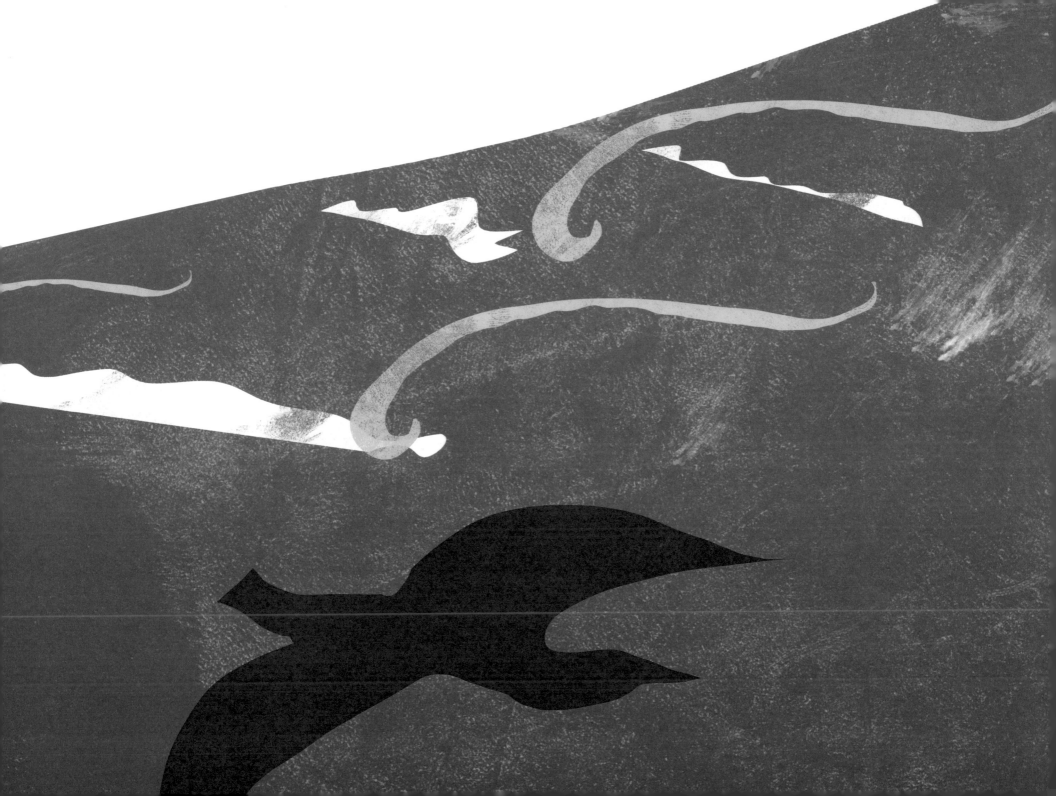

平靜的海面上甚麼也沒有，
Píng jìng de hǎi miàn shàng shén me yě méi yǒu

老船長和大船在加速逃跑。
Lǎo chuán zhǎng hé dà chuán zài jiā sù táo pǎo

海豚們遠遠就感覺到了。
Hǎi tún men yuǎn yuǎn jiù gǎn jué dào le

他們快樂大喊着：
Tā men kuài lè dà hǎn zhe

「大頭迪克
Dà tóu dí kè

要來了！」
yào lái le

廣大的海面上有一羣海豚在跳躍、大船在逃跑、
Guǎng dà de hǎi miàn shàng yǒu yì qún hǎi tún zài tiào yuè dà chuán zài táo pǎo

小船在追趕。
xiǎo chuán zài zhuī gǎn

海面下早就亂成一團，大魚小魚四處游走。
Hǎi miàn xià zǎo jiù luàn chéng yì tuán　　dà yú xiǎo yú sì chù yóu zǒu

他們遠遠就聽到了、看到了、也感覺到了！
Tā men yuǎn yuǎn jiù tīng dào le　　kàn dào le　　yě gǎn jué dào le

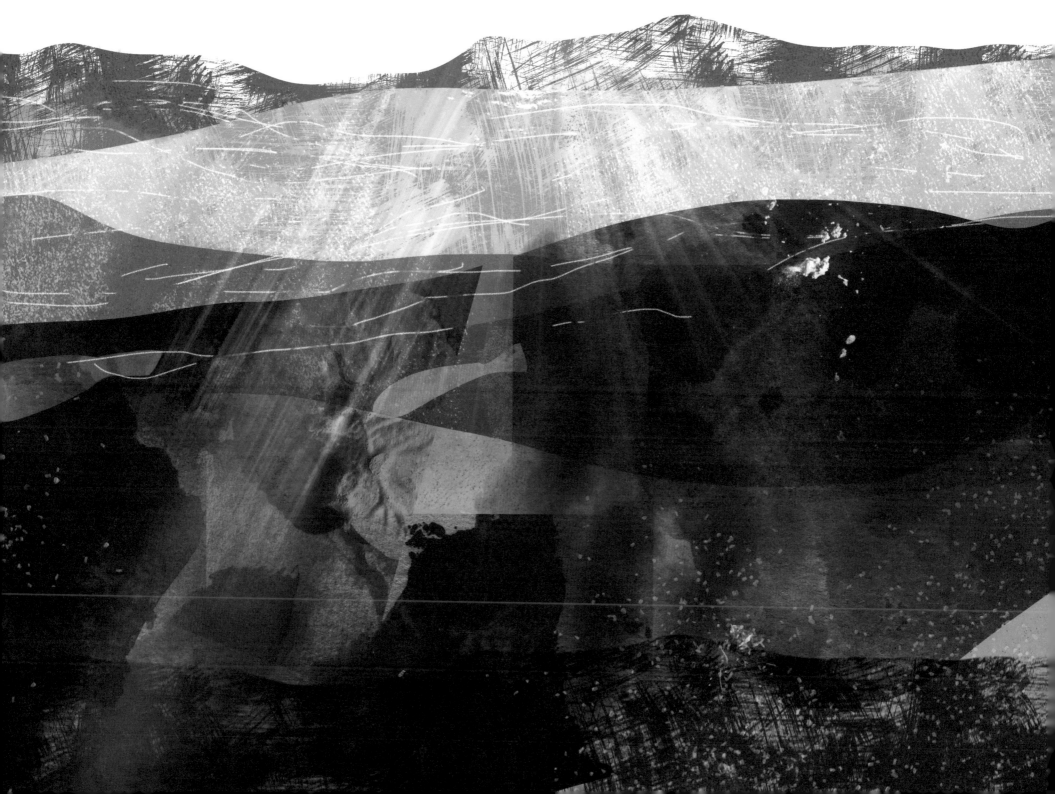

大頭迪克出現了！原來牠是一隻鯨魚。
Dà tóu dí kè chū xiàn le　Yuán lái tā shì yì zhī jīng yú

嘩的一聲！牠憤怒地用力噴氣！
Huā de yì shēng　Tā fèn nù de yòng lì pēn qì

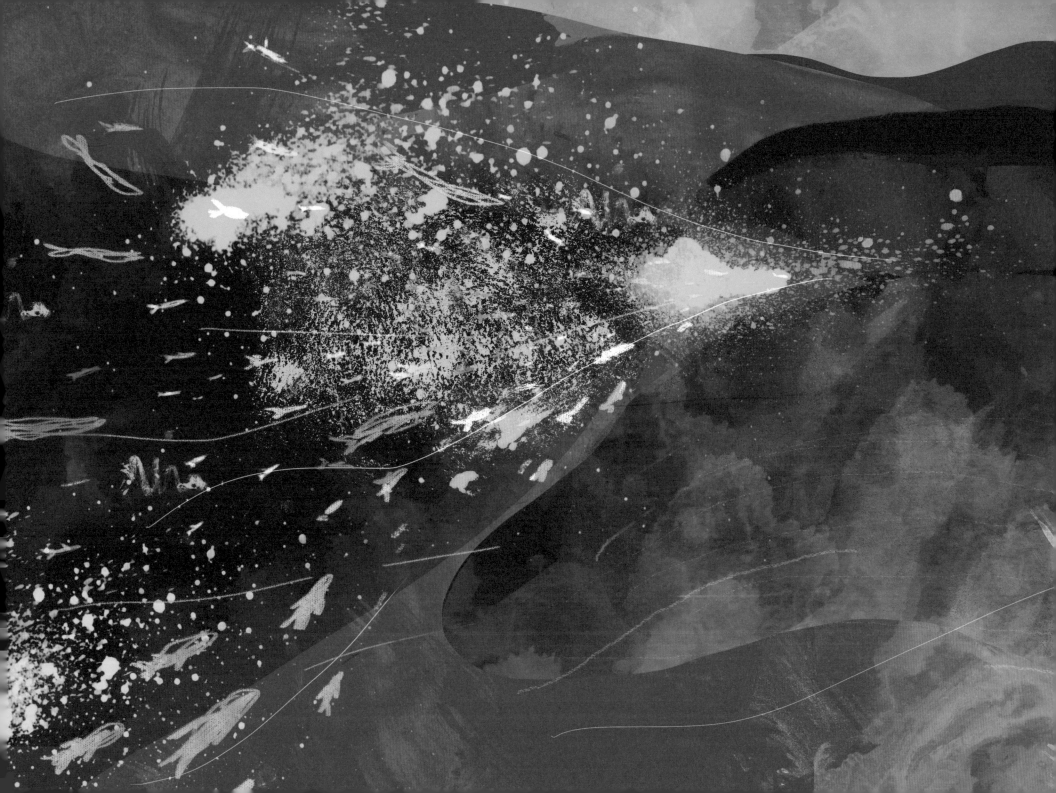

男孩大喊着：
Nán hái dà hǎn zhe

「大頭迪克你不能再吃了！」
Dà tóu dí kè nǐ bù néng zài chī le

大頭迪克張開嘴巴，
Dà tóu dí kè zhāng kāi zuǐ bā

一口吞下！
yì kǒu tūn xià

大魚小魚都不見了。
Dà yú xiǎo yú dōu bú jiàn le

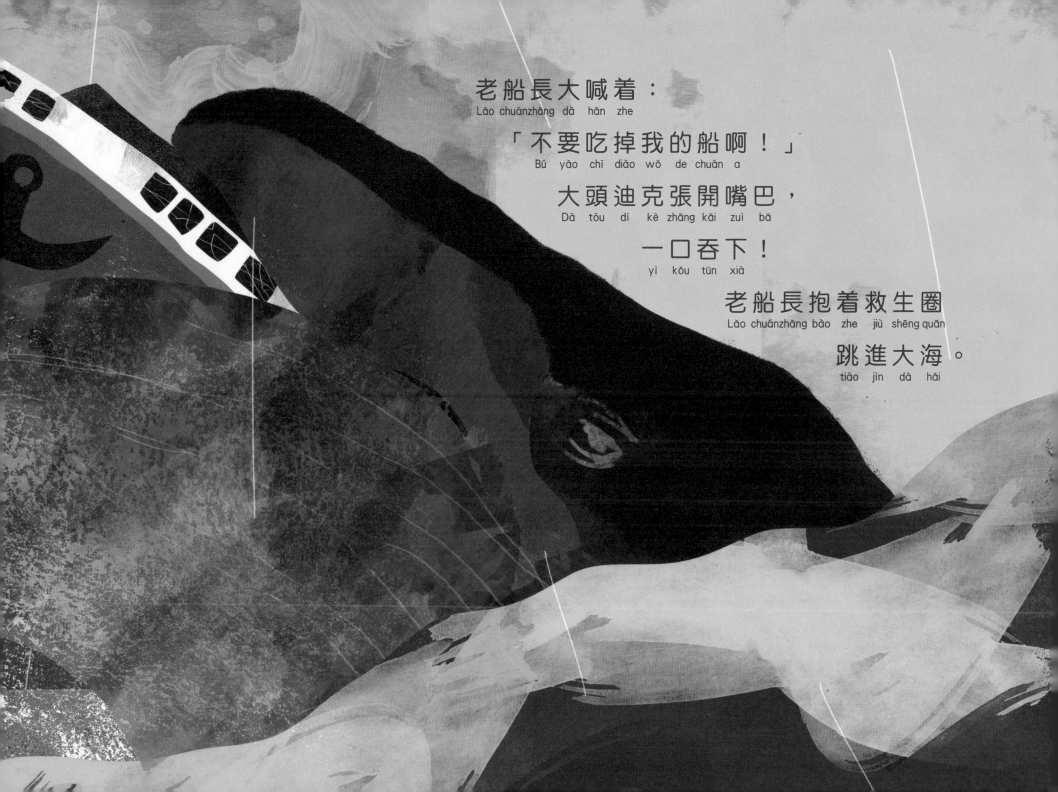

老船長大喊着：
Lǎo chuánzhǎng dà hǎn zhe

「不要吃掉我的船啊！」
Bú yào chī diào wǒ de chuán a

大頭迪克張開嘴巴，
Dà tóu dí kè zhāng kāi zuǐ bā

一口吞下！
yì kǒu tūn xià

老船長抱着救生圈
Lǎo chuánzhǎng bào zhe jiù shēng quān

跳進大海。
tiào jìn dà hǎi

海豚們大喊着：
Hǎi tún men dà hǎn zhe

「勇敢的男孩快去救他吧！」
Yǒng gǎn de nán hái kuài qù jiù tā ba

大頭迪克張開嘴巴！
Dà tóu dí kè zhāng kāi zuǐ bā

男孩大喊着：
Nán hái dà hǎn zhe
「快住手！
Kuài zhù shǒu
大頭迪克！」
Dà tóu dí kè

大頭迪克閉上了嘴巴，
Dà tóu dí kè bì shàng le zuǐ bā

浮出海面。
fú chū hǎi miàn

海豚們把老船長救上岸。
Hǎi tún men bǎ lǎo chuánzhǎng jiù shàng àn

男孩對船長說：
Nán hái duì chuánzhǎng shuō

「這就是讓大頭迪克
Zhè jiù shì ràng dà tóu dí kè

生氣的原因。」
Shēng qì de yuán yīn

大頭迪克張大嘴巴，
Dà tóu dí kè zhāng dà zuǐ bā

海豚們游進鯨魚肚子，
hǎi tún men yóu jìn jīng yú dù zi

從裏面搬了好多的垃圾出來。
cóng lǐ miàn bān le hǎo duō de lè sè chū lái

電視、冰箱、一大堆的垃圾袋。
Diàn shì 、 bīng xiāng 、 yí dà duī de lè sè dài

男孩難過又生氣地說：
Nán hái nán guò yòu shēng qì de shuō

「吃了沒有辦法消化的塑膠垃圾，
Chī le méi yǒu bàn fǎ xiāo huà de sù jiāo lè sè

海洋生物們會死掉的，
hǎi yáng shēng wù men huì sǐ diào de

請不要再亂丟垃圾傷害大海了。」
qǐng bú yào zài luàn diū lè sè shāng hài dà hǎi le 。」

大頭迪克開心地噴氣，
Dà tóu dí kè kāi xīn de pēn qì

海豚們也在旁邊跳躍。
hǎi tún men yě zài páng biān tiào yuè

忽然，一道彩虹從天空灑向大海，
Hū rán yī dào cǎi hóng cóng tiān kōng sǎ xiàng dà hǎi

閃著多彩的光芒。
shǎn zhe duō cǎi de guāngmáng

作者介紹

月亮 YueNiang

畢業於視覺傳達設計系，目前為插畫創作者，希望總有一天可以靠插畫生活，成為一手寫字、一手畫圖的創作者。

經歷：

2013 核你在一起 / 百人反核插畫聯展 於勤美術館
2014 創立個人插畫品牌：小月亮 YueNiang
2014 太平星巴克牆壁壁畫繪製
2015 小月亮週年派對展 / 個人插畫展 於 日嚐 Delli71
2016 舒潔衛生紙粉絲團 Gif 插畫繪製

繪者介紹

辜筱茜

1987 年出生，東海大學美術系、美術研究所畢業。現為自由工作者，從事插畫與平面設計，並同時負責南投竹山的「全美商店」，辦立親子和繪本閱讀活動。

希望繼續用藝術和創意給孩子一百種成長的可能性。插圖散見於教育、心理工作者出版品。

Facebook：Hsiao Chien Ku

作者的話

動物們不會說話沒有辦法表達自己的想法，對於人類造成的破壞與傷害他們只能默默承受，要如何讓孩子們體會？透過一隻憤怒的大鯨魚，橫衝直撞看似到處破壞，但其實他的情緒是有原因的，希望父母跟還不太會用言語表達自己的孩子們，一起用心體會這個故事。

繪者的話

每個人應該都不希望自己的家被別人亂丟垃圾吧？如果真的到受污染的海洋去看看，就能更實際體會為甚麼大頭迪克生氣了。一起把地球上的每個角落，都當作是自己的家吧！

大頭迪克生氣了　　文／ 月亮 YueNiang　圖／辜筱茜

ISBN：978-988-8483-00-6（平裝）

出版日期：2018 年 6 月初版一刷

定　　價：HK$48

文房香港

發行人：楊玉清

副總編輯：黃正勇

執行編輯：腓特烈

美術編輯：陳聖真

拼音校對：謝函君

企畫製作：小文房編輯室

出版者：文房（香港）出版公司

總代理：蘋果樹圖書公司

地址：香港九龍油塘草園街 4 號　華順工業大廈 5 樓 D 室

電話：(852) 3105250

傳真：(852) 3105253

電郵：applertree@wtt-mail.com

發行：香港聯合書刊物流有限公司

地址：香港新界大埔汀麗路 36 號 中華商務印刷大廈 3 樓

電話：(852) 21502100

傳真：(852) 24073062

電郵：info@suplogistics.com.hk